SOPA DE LIBROS

DISCARD

© Del texto: Gloria Cecilia Díaz, 2000
© De las ilustraciones: Chata Lucini, 2000
© De esta edición: Grupo Anaya, S. A., 2000
Juan Ignacio Luca de Tena, 15. 28027 Madrid

Primera edición, octubre 2000

Diseño: Manuel Estrada

ISBN: 84-207-4403-4
Depósito legal: M. 37.202/20000

Impreso en ANZOS, S. L.
La Zarzuela, 6
Polígono Industrial Cordel de la Carrera
Fuenlabrada (Madrid)
Impreso en España - Printed in Spain

Díaz, Gloria Cecilia
  Óyeme con los ojos / Gloria Cecilia Díaz ; ilustraciones
de Chata Lucini. — Madrid : Anaya, 2000
  88 p. : il. n. ; 20 cm. — (Sopa de Libros ; 54)
  ISBN 84-207-4403-4
  1. Sordos. 2. Discapacitados físicos. 3. Superación. I. Lucini,
Chata, il. II. TÍTULO
  860(861)-3

Óyeme con los ojos

Gloria Cecila Díaz

Óyeme con los ojos

Ilustraciones
de Chata Lucini

ANAYA

«Óyeme con los ojos,
ya que están tan distantes los oídos»
Sor Juana Inés DE LA CRUZ

a Emma
a Josefina
a Montserrat

El barrio donde vivía Horacio se llamaba «El jardín del Príncipe». Una vez, el niño le preguntó a su papá dónde andaba ese príncipe.

—En los cuentos —contestó su padre mirándolo fijamente a la cara y pronunciando muy despacio las palabras.

Horacio era sordo. Pero no de nacimiento. Tuvo una enfermedad cuando era pequeño. Los sonidos se fueron entonces, de repente. Horacio se acordaba de algunos, como la voz de su mamá y la de su papá, sobre todo cuando le enseñaba a jugar al fútbol y decía: «Corre, Horacio, corre, dale fuerte». Recordaba, como en sueños, el maullido de su gato Raimundo, la recia música de los aguaceros y el ruido de la corneta, que ponía a su mamá los pelos de punta.

A veces, Horacio se inventaba los sonidos, y eso lo divertía, porque sus sonidos se movían.

El sonido del viento hacía ondas entre las hojas, los ruidos de los coches iban tan rápido como las flechas y las carcajadas de la gente eran como pequeños saltos.

Los edificios de «El jardín del Príncipe» eran todos iguales: cuadrados, con ventanas cuadradas y jardines cuadrados. Solamente había un edificio, enfrente del de Horacio, que no se parecía a los otros, un edificio en el que vivía una sola persona. Una mujer morena que parecía muy seria, pero que Horacio sabía que no lo era. ¿Cómo podía ser muy seria una persona que vivía en una casa con ventanas ovaladas?

Horacio soñaba con entrar allí, pero la señora no era amiga de su familia. Parecía una persona muy ocupada.

Horacio solía cruzarse con ella por la mañana cuando él iba al colegio. Tenía un coche pequeño, ¡increíble!, y una casa que era un edificio enorme. ¡Qué mujer más rara!

A menudo, ella colgaba en las ventanas cosas que a Horacio le hacían sonreír. Una vez colgó en una ventana del segundo piso un móvil de pajaritos de latón y, en otra ocasión, en una del quinto piso, un globo de los de antes, con canasta y todo.

Horacio hablaba con sus padres y sus hermanos, Claudio y Banu, de todo cuanto veía. Lo contaba con palabras o con el lenguaje de signos. Claudio, su hermano mayor, le decía que esa casa estaba encantada y que su dueña terminaría convirtiéndolo en sapo por mirón. Por supuesto, Horacio no se lo creía.

Todas las tardes, al volver del colegio, Horacio se paraba frente a la casa y la miraba de arriba abajo y de abajo arriba para ver si había algo nuevo en las ventanas. Sus hermanos se burlaban de su curiosidad y le decían que era una casa cualquiera.

«¿Cómo puede ser una casa cualquiera? —decía Horacio para sus adentros—. ¿Son ciegos acaso?»

Y como para calmar su descontento, se asomaba a la ventana de su cuarto a observar por milésima vez la puerta de arco, de madera maciza con barras de hierro forjado, que tenía un picaporte de bronce en forma de flor. A ambos lados de la puerta había dos gruesas columnas de piedra y en el arco tenía una vidriera que representaba un pájaro de fuego. Parecía una puerta de otra época, de otro mundo. Horacio se imaginaba que cruzarla sería como entrar en un universo maravilloso.

En la casa no había prácticamente líneas

rectas. Todo era ovalado, curvo, ondulado. En medio de la fachada había un magnífico balcón con barandillas abombadas de hierro que representaban aves con las alas desplegadas. Todas las ventanas eran ovaladas y estaban rodeadas por mosaicos de colores ocre, azul y turquesa. Toda la fachada era de piedra y en el tejado se veía una chimenea con forma de cabeza de guerrero con armadura.

Horacio se preguntaba cómo era posible que la gente no se maravillara de ver algo tan original.

—Pues sí, hijo mío —le dijo su madre una vez—, hay gente que viene a mirarla, incluso le hacen fotos, pero nosotros la vemos todos los días y la consideramos como parte del paisaje.

—Pero yo no me canso de mirarla —le respondió él.

Por toda respuesta, su madre lo miró con ternura y lo besó.

Desde que se había vuelto un «mirón», Horacio descubría más y más detalles, no solo en la casa, sino también en todo lo que él tenía a su alrededor. Y a veces le entristecía que los otros no observaran el mundo como él. «Es porque tienen sus oídos bien y no necesitan mirar y mirar como yo» —decía para tranquilizarse.

Aparte de sus compañeros de colegio, solo conocía a una persona a la que le encantaba observar más que al resto de la gente: Emma, la mejor amiga de su madre. Emma metía la nariz en todo, pero no se contentaba únicamente con mirar: preguntaba, pedía explicaciones y le importaba poco si hacía el ridículo.

Emma le había contado que una noche, en un restaurante japonés, le habían servido una sopa «tan bella» que casi no se atrevía a meter la cuchara en el plato. «Era como estropear una obra de arte», añadió.

Emma lo había llevado una vez a una heladería, a la que se iba, según ella, «no solo por el sabor, sino también por el color». Horacio pudo comprobarlo por sí mismo cuando le trajeron su pedido. ¡En una fuente de plata había un jardín! Sobre un césped de helado de menta había flores de helado de fresa, de helado de vainilla, tallos de helado de chocolate, un pequeño seto de quivis, galletitas con forma de parasoles, piedrecitas de albaricoque y una cascada de crema chantillí.

—Si no te das prisa en meterle el diente —le dijo Emma, muerta de risa—, tu jardín se convertirá en río.

Fue ella quien le regaló unos gemelos pequeños pero potentes, con un estuche que se podía colgar en el cinturón.

Al principio Horacio se puso insoportable, pues no dejaba de observar a los miembros de su familia para examinarlos hasta en los más mínimos detalles. Se ganó sus buenas regañinas, incluidos los maullidos exasperados de Raimundo, que, cuando lo veía armado de los gemelos, quizá le parecía un extraño animal.

Luego la emprendió con la casa; no hubo rincón, estante o mueble que no mirara al derecho y al revés.

—Ya se le pasará —decía su madre sin poder contener su indignación.

Hasta el día en que su padre lo sorprendió observando al vecindario y entonces sí que se armó un buen lío. Su padre le arrancó los gemelos de un tirón y, agarrándolo por los hombros para que Horacio leyera sus labios, le dijo que eso era inadmisible, que no tenía derecho a espiar a los otros, que había que respetar la vida privada de la gente, que los demás no eran animales de circo, que...

Horacio fue corriendo a su cuarto y su padre le quitó los gemelos durante un mes.

Cuando Emma se enteró de la tormenta que había desatado su regalo, le dijo a Horacio:

—¿Acaso te creíste Sherlock Holmes?

—¿Sher... qué?

—Un gran personaje, el detective más grande de todos los tiempos —dijo Emma.

—Te recuerdo que es un personaje de novela... —replicó el padre de Horacio, que estaba en su desvencijado sillón corrigiendo una montaña de exámenes, pues era profesor de literatura. A Horacio le parecía que no había libro que no hubiese leído.

—Da igual —dijo Emma tranquilamente, y añadió hablando con sus manos y cuidando de que el padre de Horacio no la viera—: Aquí entre nosotros, Horacio, detective me parece una profesión genial.

—¿En... se...rio? —le preguntó el niño, sorprendido.

—Detective de plantas y animales —le respondió ella, y en seguida añadió—: Cuando el gran jefe te devuelva los gemelos, nos iremos de detectives ecológicos.

Y así fue. Cuando su padre le levantó el castigo, Horacio se fue con Emma a una tierra cálida. Pasaron un fin de semana observando pájaros, mariposas, lagartijas, iguanas y cuanto bicho viviente había por los alrededores. Emma llevó sus propios gemelos y una lupa tan potente que, según ella, se podía ver una hormiga del tamaño de una rana.

También llevó un par de gorras porque «todo detective que se precie debe usar una». ¡Y menos mal, porque el sol quemaba!

Verdaderamente, Emma no solo era la mejor amiga de su madre, sino el hada madrina de toda la familia y, sobre todo, de Horacio.

Una tarde, al volver del colegio, Horacio vio que la puerta de la casa estaba abierta. ¡Y no había un alma por los alrededores!

Se acercó con el corazón latiéndole a mil. Asomó sigilosamente la cabeza por la puerta entreabierta y vio una cometa con forma de gaviota. Sin darse cuenta, dio un paso adentro, dos, tres. Acarició la cometa. Al mirar a su alrededor, vio en las paredes unos cuadros con paisajes hechos de telas de muchos colores y un perchero que parecía la rama florecida de un árbol. Su mirada se detuvo entonces en la escalera, que se le antojó la más bella que jamás había visto. Los peldaños eran de madera, así como el pasamanos de la barandilla, de una madera lisa y brillante. La barandilla era de hierro con forma de plantas trepadoras. Horacio alzó la cabeza y se quedó como hipnotizado viendo la espiral que formaba la escalera; creyó ver un caracol gigante. Sin dejar de mirar hacia arriba, fue subiendo lentamente y se encontró en una gran sala cuyo suelo estaba formado por grandes losas de cerámica color ocre. En el centro había una mesa de comedor de madera que tenía encima un jarrón de cristal con azucenas. Había muchas sillas y libros por todas partes. Una magnífica puerta separaba el comedor de la cocina. La puerta era de cristal con un marco de madera y largos tallos entrelazados, también de madera, que se esparcían formando arabescos. Horacio empujó la puerta y entró en una cocina de azulejos de colores con una estufa de cobre reluciente parecida a una hornilla antigua. Había muchas cacerolas colgadas de las paredes y platos de colores, haciendo juego con los azulejos, en los estantes.

A Horacio le mareaba un poco ver tanta cosa nueva y extraña; sin embargo, siguió subiendo hasta llegar al tercer piso, en donde había una sala espaciosa con un gran sofá, cómodos sillones y cojines esparcidos por el suelo. En casi todas las paredes había estanterías llenas de libros.

«Esto no parece una casa, sino una biblioteca. Papá se volvería loco si la viera», se dijo para sus adentros.

Echó una ojeada a los libros. Algunos eran tan viejos que parecía que se convertirían en polvo si los tocaba. Otros relucían con sus cubiertas de piel y sus letras doradas. En un estante, a la altura de sus ojos, descubrió varios que él ya había leído: *Simbad el marino, Aladino y la lámpara maravillosa, El maravilloso viaje de Nils Holgersson,* y otros más. Junto a estos había una fila de libros de historietas. Horacio se moría de ganas de leer aunque solo fuera una, pero no se atrevió. Su vista tropezó con una colección de libros miniatura. Unos eran cuentos de hadas, otros, libros de poesía, y otros trataban un solo tema: Historia del cine, Historia del vestido, Historia del papel. Horacio se preguntó cómo habrían hecho para meter historias tan largas en libros tan pequeños.

Había diccionarios, enciclopedias, libros de arte, de arquitectura, de decoración, libros gordos, flacos, grandes, pequeños, lujosos, en rústica..., en fin, toda clase de libros.

El niño siguió paseando su mirada y vio en la pared, encima del sofá, un cuadro que le encantó.

«¡Cuántos colores! Lo azul seguro que es un pájaro... o una cometa —se dijo en silencio—. Y lo de la derecha parece un dragón».

Observó el fondo color turquesa como si se tratara del mar y el cielo reunidos. Se divirtió tratando de adivinar qué era todo eso que parecía flotar. ¿Hojas? ¿Pájaros? ¿Lunas? ¿Sombreros? ¿Plumas?

—Es... co...mo ...si...to...do... se... mo...- viera —dijo esta vez en voz alta.

Se acercó al cuadro para verlo más detalladamente y descubrió la firma: *Miró*.

«¿Miró? ¿Es eso un nombre? ¿Alguien puede llamarse Miró?», se preguntó moviendo las manos como si estuviera hablando con alguien.

Siguió mirando por la sala y vio junto a la ventana una mesa llena de cajitas de diferentes tamaños y formas. Se acercó y las fue abriendo. En una con forma de tortuga había un escarabajo tallado en una piedra azul; en otra, una flor seca; en otra, cuatro perlas; y en una de cristal, un libro del tamaño de la uña de su dedo pulgar. Horacio no podía creerlo, era el libro más pequeño del mundo. Se lo puso en la palma de la mano y lo abrió con cuidado. Las letras eran tan diminutas que no alcanzaba a distinguir lo que estaba escrito. Se acercó a la ventana para ver mejor y allí encontró una lupa. Encantado con su hallazgo, Horacio leyó:

EL NIÑO MUDO

El niño busca su voz.
(La tenía el rey de los grillos).
En una gota de agua
buscaba su voz el niño.

No la quiero para hablar;
me haré con ella un anillo
que llevará mi silencio
en su dedo pequeñito.

En una gota de agua
buscaba su voz el niño.

(La voz cautiva, a lo lejos,
se ponía un traje de grillo).

Federico GARCÍA LORCA

Horacio se quedó pensativo. Un niño mudo era un niño como él, un niño sordo. Él también a veces buscaba su voz y, cuando no la encontraba, recurría a sus manos o a los movimientos que le ponía a los sonidos. Su voz se había ido el día en que se había quedado sordo, pues, aunque podía hablar, él mismo no se oía. ¿Cómo sabía todas esas cosas ese señor Federico García? ¿Acaso también era sordo como él?

Mientras se hacía esas preguntas, se dio cuenta de que no estaba solo. La señora tan seria que vivía en esa casa lo miraba más seria que de costumbre.

Inmediatamente, Horacio puso el libro y la lupa sobre la mesa y se quedó mirando fijamente al suelo.

—¿Se puede saber qué haces aquí? —le preguntó la dueña de la casa, muy enojada.

Como el niño no respondió, ella alzó la voz:

—¡Te estoy hablando!

Horacio no podía responder porque, sencillamente, no la oía.

Entonces, ella se plantó delante de él y, agarrándolo por los hombros, le dijo:

—¿Acaso eres sordo?

Y Horacio que, al mirarle los labios, entendió perfectamente la pregunta, dijo que sí.

—¿Crees que te vas a burlar de mí?

Entonces, Horacio empezó a hablarle con las manos y también con la voz; pero, como esto le era más difícil, le dijo con las manos que siempre había querido entrar en su casa, que siempre miraba lo que había en las ventanas, que la puerta estaba abierta...

De pronto se detuvo en seco. ¡Vaya problema! Ella, que tenía perfectamente los oídos y la voz, no entendía lo que le estaba diciendo.

Se miraron fijamente un instante que a Horacio le pareció eterno. Y de pronto ella le dijo:

—Vete de mi casa, por favor…

No lo dijo con energía, más bien con un hilo de voz, como si fuese a echarse a llorar.

Horacio vio el miedo en sus ojos. No supo por qué, antes de partir, echó una mirada al cuadro tan maravilloso firmado por Miró. Bajó las escaleras despacio, como si tuviera zapatos de plomo.

Al llegar a casa, se fue directamente a su cuarto y se encerró un buen rato mientras se le pasaban la rabia y la tristeza. No podía contar nada. Su padre ya lo había castigado por haber espiado a los vecinos con los gemelos; no quería ni pensar en el castigo que le daría si se enteraba de que había entrado sin permiso en una casa ajena, como un ladrón.

Al día siguiente, al salir del colegio, empezó a caer un fuerte aguacero. La gente corría a protegerse. Horacio no. Caminaba despacio con su mochila a la espalda. Le gustaba que la lluvia lo empapara, y caminar metiendo los pies en los charcos que se formaban a ambos lados de la calle. Sabía que se iba a ganar una buena reprimenda cuando volviera a casa, pero no le importaba.

Nunca olvidaría aquella vez que en el rancho de un amigo de su padre había ayudado al capataz y a su hijo a encerrar los terneros. Mientras corrían de un lado a otro persiguiéndolos, se desató un terrible aguacero que lo empapó hasta los huesos. Recordaba que la ropa le pesaba tanto que no podía correr. El capataz y su hijo iban protegidos por gruesos impermeables negros con capucha. Observó cómo se desternillaban de risa al ver que se quitaba la chaqueta y el jersey para escurrirlos, cosa que no servía para nada, ya que seguía lloviendo a mares. ¡Qué feliz se había sentido! Hubiera querido bailar así como los indios de una película que había visto. No bailar bajo la lluvia, sino bailar con la lluvia. Bailar al son de su música. Música que Horacio «oía» con sus ojos. Una gota aquí, otra allá, mil gotas, millones de gotas que caían sobre las hojas, sobre los prados, sobre su cabeza, sobre la tierra. Le había parecido que el mundo iba a derretirse, que él mismo iba a derretirse, a volverse agua.

Al entrar en la casa, Horacio temblaba de fiebre. Tuvo que guardar cama tres días, y el capataz y su hijo se deshicieron en atenciones con él.

Sabía que estaba cometiendo una barbaridad, que podría volver a caer enfermo, pero era tan maravilloso caminar bajo la lluvia…, solo que ahora le pesaba más el alma que la ropa… La señora de la casa lo había echado fuera, pero no por haber entrado en su casa sin su permiso, sino porque era sordo, de eso estaba seguro. Lo vio en sus ojos, que miraban con miedo. Hacía tiempo que había aprendido a diferenciar las miradas de la gente: las compasivas, las que expresaban fastidio, las indiferentes, las amorosas y las que mostraban miedo. Estas eran las peores.

—No es un problema tuyo —le dijo su padre una vez—. No tienen miedo de ti: tienen miedo de que les pase lo mismo que a ti. Se asustan un poco porque eres diferente, porque no están acostumbrados.

Su padre tenía razón, pero esas miradas le hacían sufrir. ¿Cómo era posible que la señora de la casa, que parecía tan fuerte, tuviese miedo de su sordera?

—¡Horacio! —«vio» el grito de su madre cuando volvió empapado.

»¡Horacio! ¿Cuándo vas a aprender a no hacer tantas tonterías? Te vas a poner enfermo —le dijo, mientras sostenía el rostro del niño entre sus manos para que leyera bien sus labios. Siempre hacía esto cuando lo regañaba. Ella pensaba que una regañina en el lenguaje de signos no era una regañina.

»¿Cuándo vas aprender, Horacio?

—Nun...ca —respondió el niño con su voz gangosa.

Ella sonrió y su enfado voló como un canario que se escapa de una jaula.

—Ve a cambiarte, bandido.

Al cabo de un rato, ya limpio y abrigado, se sentó junto a su madre en una silla de la cocina. Ella le dio una taza de leche caliente con azúcar y canela.

—Mamá..., ¿alguna vez te dio miedo mi sordera? —le preguntó Horacio con las manos.

—No, hijo. Al principio, tristeza, mucha tristeza. A lo mejor la tristeza también es miedo... —le contestó ella también con las manos.

—¿Y ahora?

—¿Ahora? ¿Por qué habría de estar triste ahora si vas por la vida como cualquier niño? Digamos que en algunas cosas les llevas ventaja a algunos niños, porque ves cosas que ellos no ven. ¿Sabes? Siempre que a uno le falta algo, tiene que luchar más para alcanzar lo que quiere. En el pueblo donde viví cuando era niña había una mujer que lavaba la ropa de la gente rica, de eso vivía. Era muy pobre; recuerdo que siempre iba descalza. Aquella mujer tuvo dos hijos; el menor nació sin brazos. Los crió sola a los dos, porque su marido se fue un día sin despedirse siquiera.

—¿Le... da...ba... mie...do... del... ni...ño... sin... bra...zos? —preguntó Horacio.

—Tal vez, hijo; no lo había pensado. Los niños crecieron. El mayor empezó a ir a la escuela y, cuando el pequeño debía empezar sus estudios, la pobre mujer se presentó con él ante el director, pero este no quiso admitirlo.

Horacio miró a su madre espantado.

—¿Sabes qué hizo el niño, Horacio? Se quitó los zapatos, tomó con la boca una hoja de papel y un lápiz del escritorio del director, los tiró al suelo y, mientras con un pie tenía la hoja, con el otro escribía su nombre y apellido con una letra clara y uniforme.

»El director se puso rojo como un tomate, y su secretaria y la profesora de ciencias naturales, que estaban allí presentes, lo miraron como diciéndole: "Debería darle verguenza, señor director".

—¿Lo... ad...mi...tió... en...ton...ces?

—No tuvo más remedio. La madre contó lo sucedido a medio pueblo. Ya puedes imaginar cómo se sentía de orgullosa. El niño sin brazos aprendió rapidísimo a leer y a escribir. Pero había algo que aún hacía mejor: dibujar. Había comenzado desde muy pequeño. La lavandera contó que una vez, al volver ella y su hijo mayor de lavar la ropa en el río, se encontró las paredes de la casa, que habían pintado recientemente con cal, llenas de dibujos al carbón. Había caballos galopando por el cielo, una flor gigantesca en cuyo centro había un pueblo y un árbol que nacía del sol. Se puso furiosa y llamó a gritos a su hijo pequeño. Ella lo había visto utilizar trozos de carbón de la cocina para dibujar en el suelo todo lo que se le ocurría.

»Sin embargo, le parecía increíble que los dibujos tan hermosos que había en las paredes los hubiera hecho él. A la vez, estaba furiosa al ver que las paredes blancas de su casa, de las que se sentía tan orgullosa, ya no eran blancas. El niño llegó del patio, la lavandera le miró los pies y vio que estaban negros de carbón.

»—Mamá, las paredes eran como una inmensa hoja de papel... —le dijo el niño.

»La madre no supo qué decir y se echó a llorar.

—¿Lloraba por lo de las paredes? —preguntó Horacio con sus manos.

—No, hijo, lloraba de emoción. Ella, que no sabía ni leer ni escribir, sabía que esos dibujos que su hijo había hecho eran el comienzo de algo. Solo los caballos de verdad eran tan hermosos como los que su hijo había pintado. Y la flor, ¿no era el mundo como una flor que albergaba los pueblos? Y el sol, ¿no era acaso la fuente de vida de la que nacían los árboles?

—¿Qué... pa...só... des...pués? —preguntó Horacio.

—El niño creció y siguió pintando. Muchos años después, mi madre me contó que había ido a estudiar a la universidad. Mas tarde, los perdimos de vista.

—Para ese niño los pies eran también sus brazos... —dijo Horacio con sus manos—. Como mis ojos son mis oídos, y mis manos, mi voz...

—Así es, hijo.

—Pero... ¿sabes, mamá? A veces me da rabia ser sordo. Me da rabia no oír tu voz ni la de papá, ni la de Claudio, ni la de Banu, ni los maullidos de Raimundo, ni los gritos de la gente en el estadio cuando voy a ver los partidos de fútbol...

—Mi voz, la de tu padre y la de tus hermanos están aquí —dijo la madre señalando el corazón de Horacio.

—¿Có...mo... es... la... voz... de... la... se...ño...ra... de... la... ca...sa?

—¡Ay, Horacio! Tú y tu casa. Creo que se llama Beatriz. Sabes que no soy amiga suya, pero un día la oí hablar con la portera. Tiene una voz dulce y con un acento muy especial.

—Bea...triz —repitió Horacio.

El día que echó a Horacio de su casa, Beatriz se quedó un buen rato como paralizada en
la sala viendo alejarse a ese niño desconocido
como si llevase el mundo a sus espaldas. Quiso retenerlo y no pudo. Subió a su estudio y
sacó del cajón de su escritorio un manojo de
cartas. Tomó una y leyó en silencio:

París, 29 de enero

Queridísima Bea:
Hoy hace frío, mucho frío. Las nubes no
dejan salir el sol por nada del mundo. Y yo me
siento como una nube gris porque Lukie ya no
está, ¿sabes? Estaba tan enfermo que apenas
podía caminar, y mucho menos subir las esca-
leras. No podía ir detrás de Helena a todas
partes. Estaba triste y gemía porque ya no le
quedaban fuerzas ni para ladrar. Ya te hablé

de Helena, es la mejor amiga de mamá. Esta tarde Lukie se quedó como dormido en el sofá, mientras Helena le acariciaba la cabeza. «Se ha muerto», me dijo Helena tratando de no llorar. Yo quería que sus ojos lloraran porque yo sabía que su corazón lloraba y lloraba.

Bea, hay unos ojos que ven, unas orejas que oyen, un cuerpo que se mueve y, de pronto, en pocos minutos, todo se acaba. Me pareció que los quince años que Lukie había estado al lado de Helena eran como el vuelo de una mariposa, como un parpadeo o como el brillo rapidísimo del rayo en el cielo. Pero luego pensé también que eran como una eternidad, porque ella tenía tantas, tantísimas cosas que recordar...

¿Dónde puede estar Lukie ahora, Bea? ¿Dónde? ¿En otro mundo? ¿O solo en nuestra memoria?

Helena está muy triste, ¿sabes? Ella se ríe y hace como si nada, pero yo sé que su corazón llora.

Yo también lloro. ¿Sabes cuánto puede durar una pena?

Un abrazo. Te quiere

DIANA

P. D.: El oído derecho me duele mucho ahora.

Beatriz puso la carta junto a las otras y se quedó pensativa, mientras apretaba las cartas atadas contra su pecho. Al rato bajó a la cocina a prepararse un café. No quería recordar, pero los recuerdos estaban ahí en su cabeza como soldados firmes:

«Bea, papá dijo que nos vamos a ir a vivir muy lejos, a París. Estoy contenta. Voy a aprender francés, ¿tú lo hablas, Bea?»

Beatriz volvió a su escritorio con la taza de café. Tomó en sus manos el marco con la foto de una niña de unos doce años, de pelo negro y lacio.

Abrió otra carta y leyó:

París, 3 de mayo

Querida Bea:

¿Por qué no me escribes? Bajo todos los días a buscar el correo en el buzón y nunca encuentro una carta tuya. ¿Ya no me quieres por lo de los oídos? La otra noche recordé que un día le dijiste a mamá que no soportabas a la gente con defectos físicos. No tengo la culpa de haberme quedado sorda, Bea. «Sordo» es una palabra fea, es una palabra sorda, ¿verdad? Yo soy la misma, bueno, sin voces, sin música, sin sonidos... Lo que más echo de me-

nos son las voces de papá y mamá. La tuya tampoco la oiré nunca más .

He aprendido muchas cosas en la escuela de niños sordos. Sé leer los labios de los demás y ya hablo muy rápido con mis manos. Mamá y papá también. Tú tendrás que aprender. Si no, ¿cómo vamos a hablar cuando nos volvamos a ver?

Escríbeme. Te quiere

DIANA

Beatriz tiró con rabia la carta sobre el escritorio. Luego, arrepentida, la puso delicadamente junto a las otras y leyó una más:

París, 9 de septiembre

Queridísima Bea:
Recibí tu tarjeta y me puse muy contenta al principio, luego no... Era como si no fueras tú, como si fuera otra persona la que me escribiera. Después de leerla, me quedé sentada mirando un cuadro que un amigo pintor regaló a papá y donde aparece un niño sentado en la nieve mirando el horizonte. Eso me hizo recordar nuestro viaje a una montaña nevada. ¿Recuerdas que todos nos mareamos a la su-

bida; pero, según nos acercábamos a esa montaña blanca, nos fuimos sintiendo mejor? ¿Recuerdas que fue ese día cuando papá y mamá te pidieron que fueras mi madrina? Tú no respondiste, sino que me tomaste en tus brazos y me besaste. Tenías la cara roja y tus ojos brillaban, mientras decías: «¿Cómo, esta grandullona de ocho años todavía no tiene madrina?»

Un año antes, cuando te conocí, el día que papá y mamá me llevaron por primera vez a tu casa, me asustó un poco tu seriedad. Me alegré cuando me dejaron sola en el cuarto de los juguetes. Recuerdo todo lo que vi: los coches, los muñecos de cuerda, los payasos con cara de porcelana, el globo, los relojes de cucú, el mueble de los tesoros, el de los veinte cajones. Se me hizo raro que hubiese tantos juguetes si no tenías niños. Luego me explicaste que habías heredado todos esos juguetes de tu abuela y de tu madre. Tu casa me pareció la más rara del mundo y pensé que se necesitaría mucho tiempo para explorarla.

Te seguí viendo a menudo. Siempre que venías a casa me traías un libro, que leíamos juntas. ¡Qué bien imitabas las voces de las princesas, de los reyes, de las brujas..! Rápi-

damente me di cuenta de que no eras tan seria como parecías. Cuando papá y mamá te propusieron que fueras mi madrina, yo ya te quería un montón. Aunque a veces, cuando me sermoneabas para que estudiara más, me daban ganas de sacarte los ojos. Claro, que pronto volvía a quererte.

Nunca me cansé de tu casa porque siempre encontraba algo nuevo. Lo mejor eran las tardes de lluvia, cuando tomábamos un chocolate caliente con pandequesitos, *arriba, en el cuarto de las Nubes... El sonido de la lluvia contra los cristales no lo he olvidado, lo tengo dentro de mi cabeza o dentro de mi corazón. Mamá dice que hay sonidos que nunca olvidaré porque se quedaron grabados en mi corazón.*

¿Ya no vas a venir, Bea? Mamá y papá no hacen más que decir: «Cuando Beatriz venga...». Yo no digo nada porque pienso que no quieres venir, que no quieres verme. Nunca dices nada sobre mi sordera, ni siquiera a papá y a mamá. Hablas como si no hubiera pasado nada.

Un abrazo. Te quiere

Beatriz dobló la carta y se quedó mirando la calle a través del cristal de la ventana.

Al día siguiente, desde esa misma ventana, vio a Horacio allá abajo. Venía del colegio. Antes de entrar en su casa, el niño miró hacia la casa de Beatriz.

«¿Qué quería ese niño?», se preguntó en silencio. Había sido dura con él, era verdad, pero ¿qué podía hacer ella? ¿Qué culpa tenía de no tolerar los defectos? Recordaba que de pequeña lloraba aterrorizada cuando veía un perro cojo, y, una vez que una señora ciega se le acercó, se agarró temblando a las faldas de su madre. Se imaginaba que los ciegos vivían en un mundo de negrura. Nunca quiso entrar en la papelería cercana a su casa porque el dueño era manco, y ella, desde la puerta, miraba cómo hacía con gran destreza los paquetes, que sujetaba con su muñón mientras con su única mano cortaba el papel, envolvía y pegaba la cinta.

De nada sirvieron las reflexiones de su madre, que no se cansaba de decirle que todas las criaturas eran imperfectas, empezando por ella misma.

—Pero no soy ciega ni sorda ni coja —le respondió una vez.

—No, hija mía, pero algo te cojea en el alma, porque no eres capaz de aceptar las imperfecciones de los otros.

Recordó el día en que los padres de Diana le hablaron de la amenaza que pesaba sobre la niña, que de un momento a otro se quedaría sorda. Le dijeron también que, desde hacía tiempo, los tres se preparaban para ello.

—¿Diana lo sabe? —preguntó Beatriz en el colmo de la estupefacción.

—Sí —respondieron ambos a la vez.

—Pero nunca me lo ha dicho.

—No quiere entristecerte —le dijo la madre.

Y lo peor que pudo ocurrirle fue la sordera de Diana. La niña era como su hija y ella sufría por su causa, pero en el fondo le alegraba que Diana estuviera lejos. Pero ahora estaba ese niño vecino...

Tocaron el timbre y bajó corriendo. Era el cartero, que le entregó varias cartas; una de ellas era de Diana. Su corazón le dio un vuelco. Subió a su estudio y la leyó:

París, 4 de enero

Querida Bea:
Solo te escribo para decirte que no te enviaré ninguna carta más. Eres una excelente per-

sona, has leído muchos libros y has estudiado
mucho; pero nada de eso te ayuda a compren-
der que, a pesar de haberme quedado sorda,
soy la misma. Un abrazo

DIANA

Beatriz dobló la carta, fue a la cocina, se
preparó una taza de café y se sentó en el cuarto de las Nubes. Era un salón situado en el úl-

timo piso, cuyo techo era una gran vidriera en
forma de cúpula que permitía contemplar el
cielo y quedarse ensimismado. Beatriz se echó
sobre los cojines y se quedó allí como paralizada mirando cómo pasaban las nubes. Le
apetecía comerse unos *pandequesitos* calien-
tes, como lo hacía con Diana en los días feli-
ces. Se acordó de que, una vez, la lluvia había
comenzado a golpear los cristales y la niña
dijo:
—Pensar que llegará un día en que no la
oiré...
Beatriz no hizo el más mínimo comentario
y, para cerrar el tema, se puso de pie rápidamente y anunció:
—Tengo algo para ti. Ahora vengo.
Bajó corriendo al cuarto de los juguetes a
buscar una de las más bellas muñecas de cuer-

da: una bailarina con vestido de tul azul celeste que, al darle cuerda, tendía lánguidamente sus brazos.

A Diana le encantó.

—Guárdala siempre, era una de las preferidas de mi abuela.

Por toda respuesta, la niña se colgó de su cuello.

Horacio fue con su madre a ver al médico porque había vuelto a percibir «el sonidito», como él lo llamaba. Un ruido leve en su oído derecho que parecía el de una locomotora perezosa que no quiere llegar a su destino o, a veces, como la música de una campana lejana.

No, no iba a volver a oír; eso fue lo que le dijo una vez más Rafa, su doctor, que no se andaba con rodeos ni decía cosas en secreto a sus padres. Siempre le hablaba a Horacio con franqueza.

—No sé qué pasará en el futuro, Horacio, no sé qué progresos hará la ciencia en el campo de la audición; pero, por ahora, nada es posible aparte de seguir aceptándote como eres —el doctor le hablaba lentamente, con una inmensa dulzura pero con firmeza, apoyando las manos en los hombros del chico, quien, sentado en una silla, lo miraba sin parpadear—. ¿Recuerdas cómo fue de difícil al principio? ¿Te das cuenta de todo lo que has progresado? Has sido muy valiente y yo te admiro.

La madre de Horacio, que escuchaba en silencio, miró agradecida al doctor.

Instantes después salieron de la consulta. En el coche, de regreso a casa, el niño recordó lo triste que había sido el principio de su vida de sordo. Recordó lo triste que había sido darse cuenta de que nunca más sería como los demás, hasta tal punto de que no quería ir a la escuela de niños sordos. Su padre lo llevó entonces al campo a caminar entre los eucaliptos. Le dio a oler las hojas perfumadas, le hizo tocar la corteza de los árboles, le mostró el cielo azul y las nubes como flores inmensas paseándose allá arriba. Le señaló los misteriosos grabados de las piedras del camino que llevaba a una laguna de aguas oscuras donde, según la leyenda, vivía una pareja de enamorados. Encontraron pequeños fósiles en las afueras de una ciudad blanca, hicieron fotos, comieron en un restaurante cuyos corredores, adornados con geranios y rododendros, daban a un patio de piedra que tenía en el centro una fuente.

Al volver a casa, su padre compró a un campesino dos pedazos de panal repletos de miel, y se puso uno en la boca. La miel le chorreaba de los labios. A Horacio le hizo mucha gracia ver a su padre con los carrillos inflados y tuvo que hacer un esfuerzo para no soltar la carcajada.

En un vivero, donde compraron una maceta con geranios para su madre, su padre lo llevó entre las hileras de plantas para que viera tanta maravilla de color, para que aspirara tanta variedad de perfume.

Después, desde lo alto de una colina, su padre le mostró los campos sembrados, que, vistos de lejos, parecían una colcha de retazos. También le mostró, con tristeza, el humo negro que salía de los coches.

Ya en casa, fue a mirarse al espejo para ver si tenía los ojos más grandes. Le dio la impresión de que se le habían agrandado de tanto y tanto mirar. Sonrió al recordar que su padre le había dicho que, de ahí en adelante, sus ojos tendrían el doble de trabajo y que a lo mejor terminarían viendo más que los de un lince.

A los pocos días, decidió ir a la escuela para niños sordos. ¡Qué remedio! Tuvo que aprender a «hablar» de otra manera. Y siempre había necesitado «hablar» y que le hablaran, porque a veces el silencio era como un mar invisible que lo rodeaba y le hacía sentirse lejos de los demás.

Poco a poco fue aprendiendo y en casa todos con él. Emma también hizo un curso para aprender el lenguaje de los signos. Cuando pudo descifrar el movimiento de los labios de quien le hablaba, se dio cuenta de que su madre ya no estaba tan triste como antes. Verdaderamente era una mala suerte eso de quedarse sordo, pero nunca le gustó estar llorando y, menos aún, que los demás estuvieran tristes por su causa.

Al principio trató de consolar a su madre, pero eso era peor porque ella lloraba aún más cuando él la estrechaba entre sus brazos. Su padre era como todos los padres, fuerte, al menos así le parecía. Nunca lo había visto llorar a causa de su sordera; siempre trató de servirse de lo que él llamaba su sentido práctico, lo que quería decir «no quedarse con las manos cruzadas». Por eso había luchado para hacerle comprender que debía aprender a hablar de otra manera. Por la misma razón se enojaba con su madre cuando la veía triste.

—¿Qué te crees, que vas a sanarle los oídos con tus lágrimas? Si eso fuera posible, me pasaría la vida llorando —notó que le decía una vez.

A Claudio y a Banu los había visto tristes, muy tristes al principio. Recordó cómo habían dejado de hacerle bromas y de burlarse de él por cualquier cosa. Pero con el tiempo volvieron a ser los de antes, a hacer su oficio de hermanos mayores, es decir, de sabiondos y pesados. Solo una vez sorprendió a Banu con lágrimas en los ojos, mientras metía en una caja sus casetes y sus discos para regalarlos. La idea había sido de él; ¿de qué servía tenerlos si no podía escucharlos?

Él hizo como que no se daba cuenta de nada. No es que se sintiera un supermán; la verdad es que a veces sentía una rabia espantosa. Le daban ganas de patear todo; a lo mejor por eso le gustaba tanto el fútbol. Otras veces, tenía ganas de llorar hasta más no poder, y lo hacía a escondidas.

Cuando aprendió a «hablar» perfectamente el lenguaje de los signos, poco a poco se fue percatando de que su padre tenía razón cuando decía que sus ojos eran también sus oídos. Mirar se convirtió para él en su mayor «deporte». Por eso parecía ser el único en haberse fijado en «aquella casa», en admirar sus ventanas ovaladas, el balcón ondulado del tercer piso, así como la puerta de entrada, que, cuanto más la miraba, más misteriosa le parecía. Seguía pensando que, cuando fuera mayor, se construiría una casa como esa.

Todos esos recuerdos pasaron por su mente como una película, y se dijo que Rafa tenía razón, que debía seguir aceptándose como era. Se acordó de uno de los refranes preferidos de Emma: «Al mal que no tiene cura, hacerle la cara dura».

Cuando él se lo repitió a su madre con su voz gangosa, ella lo abrazó fuertemente suspirando aliviada.

Un lunes por la mañana, Horacio vio a Beatriz cuando se metía en su coche para irse al trabajo. Ella lo miró y arrancó sin decirle siquiera «buenos días».

A Horacio le dio la impresión de que tenía los ojos hinchados, como si hubiera llorado. Las personas mayores le parecían un poco misteriosas.

«¿Qué hay que hacer para quitarle el miedo a alguien?» Esa pregunta revoloteaba en su cabeza desde que Beatriz lo había echado de su casa.

Semanas después, al volver del colegio por la tarde, miró las ventanas de la casa y vio que no había nada. Hacía muchos días que su dueña no colocaba móviles ni flores ni juguetes. Las ventanas estaban cerradas y las cortinas echadas.

«¿Se habrá ido?», se preguntó Horacio para sus adentros.

Por la noche, sentado en el sofá de la sala con Raimundo en sus brazos, se quedó contemplando la casa.

—¿Por qué te gusta tanto esa casa, Horacio? —le preguntó su hermana Banu con las manos.

—¿A... ti... qué... te... im...por...ta? —respondió Horacio bruscamente.

—Pues para tu información, dudo mucho de que algún día puedas siquiera pisar la entrada de esa casa —le dijo Banu, furiosa.

Vaya si lo sabía. Como Horacio no quiso decir nada, su hermana lo dejó solo.

Los días pasaron sin que ocurriera nada especial, hasta la noche en que Banu dijo mirando fijamente a Horacio:

—Parece que la señora de «tu casa» ha tenido un accidente.

El niño la miró interrogante.

—Sí, Horacio, la señora de «tu casa» —repitió ella.

—¿Se... ha...mu...er... to...? —dijo el niño con temor.

—No, según el celador, un bus chocó contra su coche. Ella se rompió las piernas y está en el hospital.

—¡Jesús! ¿Qué va a hacer la pobre cuando vuelva a su casa, donde me imagino todo son escaleras? —dijo, acongojada, la madre de Horacio.

—La... po...dría...mos... a...yu...dar... —dijo el niño, no muy seguro de sí mismo.

—¿Qué? ¿Estás loco, Horacio? Ni siquiera nos saludamos. Conmigo no cuentes —dijo Banu levantándose de la mesa.

—Tú harías cualquier cosa por meter la nariz en esa casa, ¿no, Horacio? —le dijo Claudio riéndose.

Horacio no dijo nada. Nadie entendía. Bueno, la verdad es que él mismo tampoco. Antes le había intrigado la casa, pero ahora ¿qué era lo que le intrigaba? ¿Su dueña? ¿Las dos? Francamente, las cosas se estaban complicando en su cabeza.

Una tarde, al regresar del colegio, Horacio vio una ambulancia aparcada frente a la casa...

Desde ese momento se convirtió en una especie de vigilante. Se pasaba las horas en la ventana acariciando el lomo de Raimundo mientras espiaba el más mínimo movimiento en la casa de Beatriz, quien, desde su regreso, no había descorrido ni una sola vez las cortinas.

Al día siguiente, Horacio vio llegar a una mujer, que pulsó el timbre y a la vez abrió la puerta con una llave que sacó del bolso. Horacio estuvo un buen rato apoyado en la ventana de su casa y, como no vio salir a nadie, se fue con su padre a jugar fútbol.

Cuando Horacio volvió a ver a la mujer, comprendió que seguramente vendría todos los días a ayudar a su vecina mientras tuviese las piernas enyesadas. La mujer apareció con varias bolsas de mercado; una de ellas se le rompió y las naranjas salieron rodando por todas partes. Horacio corrió a ayudarla.

—Gracias, niño, gracias —le dijo ella, mientras hacía equilibrios con el resto de las bolsas. Dejó todas en la entrada y abrió la puerta, mientras Horacio echaba naranjas en las bolsas. Luego, entre los dos, metieron las bolsas en la casa. Cuando llegaron a la cocina, la mujer dijo en voz alta:

—¡Ya estoy de vuelta, doña Beatriz! Fíjese, se me rompió una bolsa y un niño me ayudó; aquí está conmigo en la cocina.

—¡No quiero mocosos en mi casa, Ofelia! —gritó Beatriz.

—No se enoje, que ya se va. Es un niño muy callado —dijo la mujer.

Horacio imaginó que algo andaba mal y salió rápidamente de la casa.

Desde ese día, cada vez que Horacio veía a Ofelia con sus bolsas de mercado, corría a ayudarla y, a escondidas de Beatriz, subía con ella hasta la cocina. Desde que Ofelia había descubierto que Horacio era sordo, se deshacía en cariños con él y repetía a cada momento:

—Pobre angelito, pobre angelito.

Horacio leyó sus labios un día en que ella lo miraba entristecida.

Pero entonces, con gran sorpresa, oyó la voz del niño, que le decía:

—¡No... soy... un... po...bre... an...ge... li...to...! ¡Soy... un... ni...ño!

—¡Chsss! Te va a oír! —le dijo Ofelia tratando de ahogar su propia voz y señalando el piso de arriba.

Demasiado tarde.

—¡Que suba ese niño, Ofelia! —gritó Beatriz.

—Sí..., sí... Ven, hijo —le dijo Ofelia tomándolo de la mano.

Iba a echarlo otra vez de su casa, de eso estaba seguro. Bien merecido se lo tenía, por tonto, pensaba Horacio, mientras su corazón latía a mil.

Lo primero que vio al subir la escalera fue el cuadro tan bonito que había visto la primera vez que entró en la casa, aquel que tenía escrito en una esquina: «Vio», no, no...

«Miró», eso es, «Miró», rectificó Horacio en su cabeza.

Beatriz estaba recostada en el sofá con las piernas enyesadas sobre una butaca.

—No le regañe, señora, es sordo. Solo viene a ayudarme —dijo Ofelia, nerviosa.

Beatriz no dijo nada y Ofelia volvió a sus ocupaciones.

—¿Cómo te llamas? —le preguntó Beatriz, muy seria.

—Ho...ra...cio...

—¿Qué vienes a buscar en esta casa, Horacio?

Al niño le pareció que en su expresión había algo distinto, como si no estuviera enojada de verdad. Una auténtica cascarrabias no tendría un cuadro tan bonito como el del Miró ese, ni mucho menos una casa tan rara. Además, había un abismo entre una persona seria y una cascarrabias. Todas esas cosas le pasaron a Horacio por la mente en un segundo.

—¿Qué buscas aquí, Horacio? —repitió ella.

Horacio no supo qué contestar y, como vio un papel y un lápiz sobre la mesa, escribió algo en letras grandes y claras. Se lo entregó a Beatriz y se fue corriendo. Ella leyó:

Me gusta mucho su casa y las cosas que usted pone en las ventanas. Yo vivo enfrente. El otro día, cuando me encontró aquí, entré porque vi la puerta entreabierta y quería ver lo que había dentro. Su casa no se parece a ninguna otra. Mi hermano Claudio dice que soy un mirón, pero es que mis ojos son también mis oídos.

Beatriz leyó y releyó de la misma manera que leía y releía las cartas de Diana, como si quisiera aprendérselas de memoria. Ahora que no podía moverse, pensaba aún más en ella. Su mundo se redujo de la noche a la mañana a una sala. Ni siquiera podía recorrer su propia casa. Tomó el libro miniatura y la lupa y leyó el poema.

¿El rey de los grillos iba a adueñarse de la voz de Diana y también de la de Horacio? Sin saber por qué, deseó con toda el alma que Horacio volviera.

Beatriz se llevó una desilusión al ver que Ofelia llegaba sola. Por la tarde, le pidió que corriera las cortinas y abriera las ventanas.

A los tres días, Horacio volvió. Como Ofelia no quería dejarlo subir, Beatriz le dijo:

—Déjelo, Ofelia. Prepare, por favor, un chocolate para todos.

—Sí, sí —dijo Ofelia muy contenta.

Horacio subió los escalones despacio.

—Ho…la… —dijo tímidamente con su voz gangosa.

—Hola, Horacio —respondió ella indicándole una silla para que se sentara.

Horacio vio que Beatriz tenía en la mano el libro miniatura.

—¿Qué… es… ca…u…ti…va?

Beatriz no entendió. Pero el niño le señaló el libro y ella entonces se dio cuenta.

—Presa, prisionera —contestó lentamente.

—Mi... voz... es...tá... oxi...da...da..., es...
ca...si... lo... mis...mo... que... cau...ti...va.

Beatriz no respondió. Horacio fijó su mirada en el cuadro.

—Lo... a...zul... es... un... pá...jaro.

—Tal vez, Horacio —dijo Beatriz.

—¿Mi...ró... es... un... so...bre...nom...bre...? —preguntó mirando a Beatriz.

Beatriz rió y le dijo:

—Toma del estante que está detrás de ti el libro grande de cubiertas verdes.

Horacio puso el libro sobre la mesa del centro. En la portada había una firma escrita en diagonal: Joan Miró.

—Es... un... ape...lli...do —dijo Horacio riendo, y añadió—: Se...gu...ro... que... por... eso... pin...ta... tan... bi...en... por...que... sa...be... mi...rar... y... por... e...so... se... lla...ma... Mi...ró.

—Murió hace tiempo —le dijo Beatriz con un dejo de tristeza.

—¡Ah!... qué... pe...na.

Horacio empezó a hojear el libro y se dio cuenta entonces de que ese pintor parecía muy importante.

Ofelia apareció con una gran bandeja con tres tazas rebosantes de chocolate caliente y un plato de galletas y *pandequesitos*. Los ojos de Horacio brillaron, y Ofelia, para quien Horacio seguía siendo un «pobre angelito», se instaló a su lado y lo invitó a saborearlo todo.

Cuando Horacio se levantó para irse, Beatriz le dijo:

—Puedes llevarte el libro a casa; me lo devuelves cuando quieras.

Horacio no podía creerlo. Le prestaba un libro tan grande y tan lujoso…, y pensar que en la biblioteca del barrio no le dejaban llevar a su casa ningún libro, y eso que casi todos eran viejos y estaban desencuadernados.

—¡Gra…cias…, Be…a! —dijo, muy contento, con el libro bajo el brazo.

Beatriz sintió un sobresalto. ¿Cuánto tiempo hacía que no oía esa palabra? «Bea»…, repitió para sus adentros. Le dijo adiós a Horacio con la mano y cerró los ojos, mientras Ofelia recogía las tazas.

Horacio fue directamente a su cuarto, pero su madre lo detuvo.

—¿De dónde sacaste ese libro? —le preguntó con el lenguaje de signos.

—Me lo prestó Bea —le respondió el niño de la misma manera.

—¿Bea? ¿Quién es Bea?

—La de la casa.

—Pero ¿desde cuándo vas a su casa, Horacio? ¿Por qué tanto misterio?

Horacio tuvo que contarle la verdad a su madre, confesarle que había entrado sin permiso a esa casa, que Bea lo había echado, pero que luego se habían hecho amigos, que él quería que a Bea se le quitara el miedo.

—¿Qué miedo, Horacio?

—El miedo a mi sordera... —dijo el niño bajando la vista.

—¡Horacio, ángel mío! Eres muy pequeño

para que pretendas cambiar el mundo —le dijo su mamá con la voz temblorosa, y añadió acariciándole la cabeza—: A ver, muéstrame ese libro.

—¿Vas a contarle todo a papá? —le preguntó el niño, nervioso.

—¿Prefieres hacerlo tú? —le preguntó su mamá con dulzura.

—No, no.

Se fueron al cuarto de Horacio, se sentaron en la cama y miraron detenidamente el libro. Al final, Horacio dijo a su mdre:

—Bea tiene un cuadro de Miró.

—Una reproducción, me imagino —dijo su mamá distraídamente.

—No, uno de verdad —le aseguró el niño.

—Eso no es posible, Horacio; un cuadro de Miró cuesta una fortuna —aseguró su madre.

Cuando Horacio fue a devolverle el libro a Beatriz, le dijo que, de mayor, él también tendría una casa grande y un cuadro de Miró.

Ella, con los ojos brillantes, estrechó sus manos entre las suyas y le dijo:

—¿Quieres subir a los otros pisos, Horacio?

El niño sonrió de oreja a oreja.

—Ve, Horacio, la casa es tuya.

Horacio no se hizo de rogar. Subió hasta el estudio, donde había tantas estanterías llenas de libros. Bueno, había una que tenía figuras de cristal: campanas, venados, canastas, jirafas, flores, estrellas, candelabros, bailarinas... Horacio las miró encantado sin atreverse a tocarlas. Eran tan delicadas que le daba miedo romperlas. Recorrió el cuarto con la mirada y sus ojos se posaron sobre el escritorio lleno de papeles. Era el escritorio más raro que había visto en su vida. Él se imaginaba que ese tipo de muebles solo se encontraba en la casa de un presidente o de un rey. Era inmenso, de formas redondeadas, hecho de madera de color claro y lisa como la porcelana.

Horacio no pudo evitar pasar la mano por todo el mueble. Los cajones y las puertas tenían agarradores de cobre parecidos al de la puerta de entrada de la casa. Representaban tallos con una sola flor, igual que las dos lámparas, también de cobre, que estaban fijas en cada extremo del escritorio. Junto a una de las lámparas vio la foto de una niña de pelo lacio.

Se asomó luego al cuarto contiguo, donde había cojines por el suelo, un equipo de música, muchos discos y más libros. Subió al piso siguiente. Era el cuarto de Beatriz. Estaba tapizado todo de verde. Frente a la cama había un gran cuadro. Se trataba de un árbol con las raíces arrancadas.

«¿Adónde irá? ¿Quiere ser pájaro? ¿Ángel?», se preguntó silenciosamente.

Bajo el cuadro había una pequeña vitrina y dentro, sobre un paño de terciopelo azul, había una magnífica colección de joyas, cuyas formas le recordaron el estilo de la casa: pendientes con forma de libélulas de alas delicadas bordeadas de brillantes, broches con forma de cabeza de mujer de largos cabellos, pulseras de arabescos entrelazados, peinetas de marfil con incrustaciones de rubí, cadenas con mariposas de esmalte y pedrería...

«¿De dónde habrá sacado Bea tantos tesoros? Mamá y Banu se volverían locas si vieran esta vitrina», pensó, intrigado.

Junto a la alcoba había un cuarto de baño decorado en blanco y negro. Del techo colgaba el globo que Horacio había visto una vez en una ventana.

«Solo a Bea se le ocurre poner un globo en el baño», se dijo para sus adentros.

El piso siguiente parecía sacado de un libro antiguo, de tantas cosas viejas como había allí: vasijas de cristal, botellones extraños unidos a otros por tubos de vidrio, estantes con libros, un inmenso globo terráqueo amarillento con dragones, ballenas y monstruos dibujados sobre los mares, juguetes que Horacio no había visto jamás..., muñecas de porcelana con vestidos de encaje, pequeños personajes de latón que tenían una llave en la espalda, carros tirados por bueyes, camiones de bomberos, soldados, cajitas de música y muchas otras cosas. A Horacio le pareció que estaba soñando. Había tanto que ver, y «ver» para él era oír y, en cierta manera, también hablar. Mirando las formas y los colores de las cosas, podía imaginarse los sonidos. La sirena del camión de bomberos se movería como un rayo. La música de las cajitas sería como el vaivén de una hamaca.

Horacio no siempre se imaginaba los sonidos. A veces le bastaba con mirar las formas y los colores de las cosas y dejarlas «en silencio», sin ir más allá. Su madre le había dicho que el silencio era importante, porque el silencio también hablaba.

En un rincón había un mueble de madera con muchos cajones. Horacio los contó: había veinte. Abrió algunos. Pensó que necesitaría mucho tiempo para mirar todo lo que contenían.

Decidió explorar el último piso. Era el cuarto de las Nubes. El niño no salía de su asombro. Y sus hermanos que le decían que esa era una casa cualquiera. No había muebles allí, solo plantas y cojines enormes en el suelo. Se echó en uno de ellos y contempló el cielo; se sintió como en una nave espacial y pensó que de noche sería maravilloso contemplar las estrellas.

«Como en un observatorio», se dijo poniéndose de pie.

Volvió a la sala y Beatriz lo miró como diciéndole: ¿qué tal, Horacio?

—Es... la... ca...sa... más... bo...ni...ta...
del... mun...do.

Beatriz sonrió.

—¿Por... qué... to...do... es... tan... dis...-
tin...to... de... las... de...más... ca...sas?

—Fue idea de mis bisabuelos. La constru-
yeron cuando eran jóvenes.

—¿Y... de... dón...de... sa...ca...ron... el...
mo... de...lo?

Beatriz no pudo evitar reírse con ganas antes de responderle:

—Lo trajeron de Cataluña.

—¿Ca...ta...lu...ña?

—Sí, Horacio, mis bisabuelos eran españoles. Nacieron en Barcelona. Allí hay muchas
casas parecidas a la mía, mucho más bellas y
muchísimo más grandes. Mis abuelos hubie-
ran querido amueblar toda la casa con este estilo que tanto les gustaba; pero, como me decía
mi bisabuelo exagerando un poco: «el dinero
solo alcanzó para la fachada» —Beatriz hablaba despacio, cuidando de pronunciar bien
las palabras para que el niño pudiera leer sus
labios sin problema.

—¿Por... qué... vi...nie...ron... a... Bo...
go...tá?

—Porque les gustaba viajar, amaban la aven-
tura. Vinieron aquí; se enamoraron de nuestro

país y se quedaron. Eso sí, no dejaron de ir a Barcelona.

—¿Y... en... Bar...ce...lo...na... las... ca...sas... tam...bién... tie...nen... un... cuar...to... de... las... nu...bes? —preguntó el niño, intrigado.

—¡Ah, no, no! Eso fue un capricho de mi bisabuela, que dijo a su marido que, si no iba a tener el mar cerca, como en Barcelona, al menos tendría el cielo. En ese cuarto se pasaba la mayor parte del día; en realidad, era su sitio de trabajo.

—¿Qué... ha...cía?

—Diseñaba joyas.

—¿Qué... es... di...se...ñar?

—Crear, Horacio. Creaba pendientes, collares, anillos, pulseras.

—¿De... o...ro...?

—Sí, y de plata, con muchas piedras. ¿Sabes? Poco a poco, las joyas comenzaron a parecerse a su propia casa.

—Ya... lo... sé —le dijo Horacio con toda naturalidad—. Las... he... vis...to... en... la... vi...tri...na.

Beatriz lo miró con admiración y le preguntó:

—¿Te han gustado?

—Yo... no... sé... mu...cho... de... jo...-yas... Pa...re...cen... de... prin...ce...sa. A... mi... her...ma...na... Ba...nu... le... en...can...-

ta...rían. Ella... tie...ne... quin...ce... a...ños... y... se...
cree... la... rei...na... de... Sa...ba. Por... al...go...
lle...va... ese... nom...bre..., es... tur...co...;
pa...pá... lo... en...con...tró... en... un... li...bro...;
quie...re... de...cir... «rei...na». A... Ba...nu... le..
en...can...ta... po...ner...se... to...do... lo... que...
cae... en... sus... ma...nos. A ve...ces... pa...re...ce...
un... ba...zar... am...bu...lan...te.

Beatriz rió con ganas y le dijo:

—A mí también me gusta ponerme joyas.
Horacio enrojeció.

—¿Tú... no... las... fa...bri...cas?

—No, yo me las pongo —respondió Beatriz
divertida.

—¿Te...po...nes...las...de...la... vi...tri...na?

—Sí, en ocasiones especiales. También soy
un poco como tu hermana. Cuando saco las
joyas de la vitrina, me siento como una reina.
Entre otras cosas, a mi bisabuela no le hubiera
gustado ver sus joyas en vitrinas. Ella decía
que formaban parte del atuendo, que una mujer nunca debía dejar de usarlas.

—Ma...má... so...lo... se... po...ne... su...
a...ni...llo... de... ma...tri...mo...nio..., ¡ah!..., y...
ja...más... ja...más... se... qui...ta... u...na...
ca...de...na... con... un... co...ra...zón... de...
o...ro... ma...ci...zo. Se... la... hi...zo...
pa...pá... cuan...do... e...ran... no...vios.

—¿Es joyero tu padre?

—¡No! —se rió Horacio—. Es... pro...-fe...sor... de... li...te...ra...tu...ra.

—¡Como yo! —exclamó Beatriz riendo también, y añadió—: Tendré que invitar a tu familia para que hablemos de todo lo que nos gusta. Tú harás de guía en esta casa.

Horacio sonrió encantado.

—Por ahora no puedo ni recorrer mi propia
casa —dijo ella.

—¿Cuán...do... vas... a... vol...ver... a... cami...nar?

—Tal vez dentro de dos o tres semanas.

—¿Tie...nes... mie...do?

—¿Miedo de qué, Horacio?

—De... no... po...der... ca...mi...nar.

—Tuve mucho miedo en el hospital; ahora, no... Sin embargo, no creo que pueda caminar como antes, ¿sabes? Me pusieron una varilla de platino en una pierna.

—¿Te... due...le?

—Sí, a veces. Bueno, la verdad es que tengo mucho miedo.

—Yo... al... prin...ci...pio... te...nía... mu...-cho... mie...do... del... silen...cio...; aho...-ra..., no. Pa...pá... me... en...se...ñó... que... mis... o...jos... y... mis... ma...nos... son... tam...bién... mis... oídos.

Horacio echó una ojeada al cuadro de Miró y dijo:

—Ma…má… no… cree… que… ten…gas… un… cua…dro… de… Mi…ró.

—No me extraña. Miró se lo regaló a mis abuelos hace mucho tiempo.

Semanas después, el doctor vino a quitar el yeso a Beatriz. Como Horacio estaba allí, presenció el acontecimiento.

—¡Ah!, tenemos público —dijo el doctor.

Sacó de su maletín una especie de serrucho eléctrico, lo conectó a un enchufe y empezó a cortar el yeso. Cuando terminó, examinó las piernas de su paciente, sobre todo la izquierda, donde una cicatriz se extendía desde el tobillo hasta la rodilla.

—Ahora hay que empezar la fisioterapia —dijo, muy serio.

—¿Volveré a caminar como antes...? —le preguntó Beatriz, angustiada.

—Solo lo sabremos después de la rehabilitación —dijo el doctor mientras guardaba sus utensilios en el maletín.

Horacio miraba atentamente al doctor y a Beatriz para no perder ninguna palabra de lo que decían.

El doctor hizo una seña a Ofelia para que le ayudara a sostener a Beatriz de pie. Esta hizo un gesto de dolor.

—Es normal al principio. Se le pasará cuando las piernas vuelvan a acostumbrarse al movimiento.

Sus pasos eran torpes y el miedo la invadió. Cuando el doctor se fue, Beatriz se echó sobre el sofá y cerró fuertemente los ojos.

—¿Tie...nes... mie...do..., Bea?

Beatriz no respondió. Dos lágrimas rodaron por sus mejillas.

Horacio, que no sabía qué hacer, miró suplicante a Ofelia, que acababa de aparecer con una taza de café para Beatriz.

—No se angustie, por favor, ya verá como va a caminar como antes; hay que tener confianza —le dijo Ofelia con ternura.

Horacio, que se sentía desconcertado y triste, se fue sin despedirse.

—Mamá, papá y tú podríais hablar con Bea y enseñarle a no tener miedo, como me enseñasteis a mí —dijo Horacio a sus padres hablándoles con las manos.

—No es lo mismo, Horacio, tú eres un niño y ella es una persona adulta. Además, no somos amigos —le dijo su madre.

—Siempre, antes de ser amigo, no se es amigo. ¿Podrías ir a verla, mamá? El doctor dijo que tiene que ir todos los días a la fisio... —Horacio se quedó mirando sus manos buscando en ellas la continuación de la palabra.

—Fi-sio-te-ra-pia —le dijo su mamá deletreando la palabra.

—Eso es. Pero ¿cómo va a hacer si su coche está estropeado? Tu podrías llevarla en el tuyo —dijo Horacio hablando con las manos a una velocidad increíble.

—Cálmate, hijo. Yo no puedo hacer eso. Beatriz es una desconocida —dijo la madre.

—¿Desconocida? ¡Pero si es mi amiga! Además, es desconocida porque no le has hablado. ¿Por qué la gente que puede hablar no habla?

—Es verdad, Horacio —reconoció su padre, mirándolo fijamente.

A pesar de sus súplicas, su madre no se decidía a ir a casa de Beatriz. Era tímida, le costaba hacer amistades y le horrorizaban los chismes de vecindario. Decía que, en cuestión de amigas, con Emma le bastaba y le sobraba. Emma era la única que la entendía y se burlaba de ella. Se habían conocido en la escuela técnica donde eran profesoras. Emma tenía la salud más frágil del mundo, pero la alegría más sólida. Horacio jamás había conocido una persona tan optimista, tan encantadora y con tanto sentido del humor. Quizá, a causa de su salud tan endeble, no hizo ningún drama cuando Horacio se quedó sordo. Apareció un día con un montón de películas de Charlie Chaplin. Trajo varias tortas saladas, jamón, salchichas, patatas fritas y fresas; en fin, todo lo que ella sabía que a Horacio le gustaba. Sentó a toda la familia frente a la televisión y todos rieron con las aventuras y desventuras de Charlot. Fue una velada muda, pero maravillosa. A Horacio le encantó Chaplin, y Emma le dejó las películas para que las viera cuanto quisiera. Y el día en que hubo una fiesta en la escuela de Horacio, este se disfrazó de Charlot y, con la ayuda de Emma, imitó perfectamente la forma de andar de Chaplin, y todo el mundo se partió de risa.

Como pasaban los días y su madre seguía sorda a sus súplicas (Horacio se preguntaba quién era el verdadero sordo en esa casa), decidió acudir a Emma. La cuestión era cómo hacer para que actuara pronto. Horacio no tuvo que esperar mucho. Emma apareció al día siguiente, sábado. A Horacio no le extrañó. Emma era así, un regalo del cielo.

Horacio le contó la historia de Bea desde el principio hasta el final. A Emma le encantaba hablar con el niño y se consideraba una experta en descifrar «los códigos horacianos»; esas eran sus palabras para definir la manera de comunicarse de Horacio.

—¿Me... a...yu...da...rás? —le preguntó el niño con mirada suplicante.

—¿Has visto a un mosquetero renunciar al combate? —le preguntó ella, muy seria.

Cuando sus padres volvieron del supermercado, al ver a Emma junto a su hijo, su madre adivinó en seguida que ya habían urdido un complot para convencerla.

Se hizo la inocente y preguntó a Emma si se quedaba a comer.

—Solo si se trata de un banquete —Emma guiñó un ojo a Horacio.

—Los sábados siempre tenemos un banquete: arroz, albóndigas, ensalada de lechuga, nueces y manzana y, de postre, tarta de pera —aclaró el niño hablando muy rápido con las manos.

—Creo que esa extraña combinación de manjares me conviene —dijo Emma, muerta de risa.

Después de comer, Emma se llevó a la madre de Horacio a dar un paseo por las afueras de la ciudad. Cuando regresaron, cargadas con flores, verduras y un canasto lleno de fresas, Horacio comprendió, por la mirada de Emma, que todo estaba arreglado.

Beatriz no salía de su asombro cuando vio aparecer a Horacio con una señora con la que ella se había cruzado a menudo.

—Esta es Bea, mamá. Dile que vas a acompañarla a la fisioterapia —dijo Horacio con sus manos.

Era la primera vez que Beatriz lo veía hablar de esa manera y le asombró su rapidez.

—Buenas, soy la madre de Horacio. Él me habló de su accidente y, si puedo serle útil en algo, estoy a su disposición —saludó con timidez.

Beatriz, toda confusa, la invitó a sentarse. Se quedaron calladas un buen rato. Horacio las observaba y pensaba en lo que la gente se complicaba la vida. Parecía que una fuera de Marte y la otra de Júpiter, como si no hablaran la misma lengua ni vivieran en la misma calle.

Poco a poco, la confusión dio paso a la charla. La madre de Horacio convenció a Bea para acompañarla tres veces por semana a la fisioterapia.

—¿Ves, mamá, qué fácil es conseguir un amigo? —le dijo Horacio con las manos.

—¿Qué dice? —preguntó Beatriz.

—Ah, nada importante. ¿Sabe?, a veces habla tan rápido con las manos que ni yo misma alcanzo a comprender todo.

—¿Es difícil aprender a hablar con las manos? —preguntó Beatriz.

—Al principio; después, no… Es como todo en la vida. Para Horacio es más fácil el lenguaje de las manos; así se siente más seguro. La voz se le pone cada día más «cautiva», como dice él desde hace algún tiempo; además, supongo que es muy duro hablar sin poder oírse. Pero tiene que seguir hablando, porque no todo el mundo conoce el lenguaje de los signos.

Beatriz se quedó pensativa. Vio al niño ensimismado con el cuadro de Miró. Recordó que un día le había dicho que él viajaba por el cuadro, y que no solamente lo veía, sino que también lo «oía».

—¿Cómo lo oyes, Horacio?

—Con los sonidos de mis recuerdos —le dijo el niño, muy convencido.

Cuando Horacio y su madre se marcharon, Beatriz pidió a Ofelia que le trajera las cartas de Diana. La noche caía lentamente como si unas manos invisibles arroparan la ciudad con mucha delicadeza.

Una tarde, al volver de la sesión de fisioterapia, Beatriz pidió a Horacio que le enseñara el alfabeto de los sordos. El niño aceptó encantado.

Poco a poco, Beatriz fue aprendiendo a hablar. Horacio se desternillaba de risa con las equivocaciones de su alumna, pero siempre le pedía excusas, porque, según él, un profesor no debía reírse jamás de los errores de sus discípulos.

Un día, Ofelia entregó a Beatriz una carta, delante de Horacio.

Beatriz abrió el sobre con mucha prisa.

París, 14 de abril

Querida Bea:
El Sr. Sáenz, ese que es amigo tuyo y de papá, escribió hace poco contando lo de tu accidente. Papá y mamá están furiosos contigo por no habernos avisado. Te van a mandar una carta no muy simpática.

Bea, espero que estés mejor. ¿Ya has vuelto a caminar? Te quiero mucho. Abrazos

DIANA

Beatriz dobló la carta y miró a Horacio con los ojos brillantes.

—Gracias, Horacio... —le dijo al niño.

—¿Gra...cias... por... qué?

Beatriz le habló entonces de Diana; le dijo que, como él, era una niña sorda. Le contó también por qué se había alejado de ella. Le habló del miedo que le habían producido toda la vida los defectos físicos. Le describió su sufrimiento en el hospital, cuando creía que no volvería a caminar o que se quedaría coja para siempre.

—To...da...vía... ca...mi...nas... co...mo... un... pa...to —le dijo Horacio muerto de la risa.

—-Ya se me pasará, Horacio, y, si no, no importa.

—¿Le volverás a escribir a Diana? —le preguntó el niño, esta vez con las manos.

—Sí, y le hablaré de ti —le dijo Beatriz tomando la cara de Horacio entre sus manos.

Al día siguiente, Beatriz redactó en presencia de Horacio una breve carta para Diana.

Bogotá, 23 de abril

Querida Dianita:
¿Crees que podrás servirme de guía en Pa-
rís durante las próximas vacaciones? Tengo
que contarte muchas cosas. Sobre todo, tengo
que hablarte de Horacio. Te quiere

BEA

Beatriz metió en el sobre el poema del niño
mudo que Horacio había copiado para Diana.

Escribieron y dibujaron...

Gloria Cecilia Díaz

Es colombiana, pero reside desde hace años en París. ¿Ha hecho la mayor parte de su camino como escritora en esta ciudad?

—Sí, en París he crecido en muchos sentidos. Esta ciudad, que amo entrañablemente, me metió de cabeza en la literatura infantil. Conocí gente capaz de una crítica honesta y justa, algo que considero un tesoro en cualquier tipo de expresión literaria o artística. Comencé en Colombia, pero han sido Francia y España los escenarios de mi trabajo; el primero, por ser el país donde resido y escribo; el segundo, porque es donde publico mis libros.

—La acción de este libro transcurre en Bogotá. Sin embargo, España, y concretamente Barcelona, están muy presentes. ¿Existe alguna razón especial?

—Si hay algo que me fascina en la escritura es descubrir paso a paso la historia misma. A medida que voy escribiendo hay un mundo que se va poblando de personajes, de paisajes, de recuerdos... Hace años viví algunos meses en Barcelona y me enamoré de la arquitectura modernista *(art noveau)*. Recuerdo que una noche me quedé inmóvil contemplando la *casa Batlló;* me pareció una imagen de cuento de hadas.

Hablo también en mi libro de dos ilustres españoles que han enriquecido mi vida. Me encanta compartir todas esas experiencias con mis lectores.

—*¿Es usted una gran lectora? ¿Qué lecturas prefiere?*

—Aparte de escribir, me encanta leer. Puedo leerme una obra de 500 páginas de un tirón. Leo mucha literatura infantil, adoro los ensayos, también releo bastante. Hace poco volví a leer *David Copperfield* y, al igual que la primera vez, me olvidé hasta de comer. Lo único que existía para mí era la historia que me contaba Dickens.

Chata Lucini

Nací en Madrid y estudié Bellas Artes en la Facultad de San Fernando. Comencé pintando y poco a poco me interesé por la ilustración infantil.

Mis primeras publicaciones las hice en 1978 y estas se han convertido en la manera de expresarme y relacionarme con el mundo exterior. Todo lo que me rodea es una fuente inagotable que compone mi espacio creativo.

Cuando dibujo, me interesan especialmente la composición y el color como medios para acentuar la expresividad de las ilustraciones. Intento documentarme y situar las escenas de forma que el lector se integre en el espacio y en la historia que el autor del texto le propone. Me gusta utilizar imágenes que el lector reconozca culturalmente, que le sirvan como referencia de universos conocidos, pero dejando siempre un resquicio que pueda abrir otros personales.

SOPA DE LIBROS

Otros títulos publicados